EL PRINCIPIO DE LOS

I0881344

delfínes BEBÉS

KATE RIGGS

CREATIVE EDUCATION

TABLA DE

CONTENIDO

SOY UNA CRÍA DE DELFÍN.

Soy un delfín bebé.

¡Mira mi hocico suave y redondeado!

Al nacer, pesé alrededor de 30 libras (13.6 kg). Vivo en el agua. Pero necesito respirar aire.

Mi espiráculo se abre cuando estoy por sobre el nivel del agua.

Soy de un color más oscuro que el de mi madre.

Tenemos una aleta dorsal. Nuestras colas tienen dos lóbulos. Se los llama aletas caudales. Las aletas pectorales funcionan como brazos.

Me alimento de la leche de mi madre. Empiezo a comer peces a partir de que me salen los dientes. Pronto tendré más de 70 dientes.

¡Soy
un delfín
joven!

HABLA Y ESCUCHA

EEEEE!

¿Puedes hablar como una cría de delfín? Los delfines hacen chasquidos, silban, y hacen chirridos.

Escucha esos sonidos:

https://www.youtube.com/watch?v=vSgbrwb8slE

¡Ahora es tu turno!

PALABRAS BEBÉS

dorsal: relativo a o ubicado en el lomo del delfín

hocico: la parte de la nariz y la boca de un animal que sobresale de su cara

ÍNDICE

PUBLICADO POR CREATIVE EDUCATION
P.O. Box 227, Mankato, Minnesota 56002
Creative Education es una marca editorial de The Creative Company
www.thecreativecompany.us

COPYRIGHT © 2020 CREATIVE EDUCATION
Todos los derechos internacionales reservados en todos los países. Prohibida la reproducción total o parcial de este libro por cualquier método sin el permiso por escrito de la editorial.

DISEÑO Y PRODUCCIÓN
de Chelsey Luther & Joe Kahnke
Dirección de arte de Rita Marshall
Impreso en los Estados Unidos de América
Traducción de TRAVOD, www.travod.com

FOTOGRAFÍAS de Alamy (George Karbus Photography, SOPA Images Limited, ZUMA Press, Inc.), Getty Images (Michal Bednarek/500Px Plus, Wild Horizon/Universal Images Group), Shutterstock (Bohbeh, Havoc, Felix Mizioznikov, vkilikov)

INFORMACIÓN DEL CATÁLOGO DE PUBLICACIONES
de la Biblioteca del Congreso is available under PCN 2019931243.
ISBN 978-1-64026-275-1 (library binding)